기획의 말

그리운 마음일 때 'I Miss You'라고 하는 것은 '내게서 당신이 빠져 있기(miss) 때문에 나는 충분한 존재가 될 수 없다'는 뜻이라는 게 소설가 쓰시마 유코의 아름다운 해석이다. 현재의 세계에는 틀림없이 결여가 있어서 우리는 언제나 무언가를 그리워한다. 한때 우리를 벅차게 했으나 이제는 읽을 수 없게 된 옛날의 시집을 되살리는 작업 또한 그 그리움의 일이다. 어떤 시집이 빠져 있는 한, 우리의 시는 충분해질 수 없다.

더 나아가 옛 시집을 복간하는 일은 한국 시문학사의 역동성이 드러나는 장을 여는 일이 될 수도 있다. 하나의 새로운 예술작품이 창조될 때 일어나는 일은 과거에 있었던 모든 예술작품에도 동시에 일어난다는 것이 시인 엘리엇의 오래된 말이다. 과거가 이룩해놓은 질서는 현재의 성취에 영향받아 다시 배치된다는 것이다. 우리는 현재의 빛에 의지해 어떤 과거를 선택할 것인가. 그렇게 시사(詩史)는 되돌아보며 전진한다.

이 일들을 문학동네는 이미 한 적이 있다. 1996년 11월 황동규, 마종기, 강은교의 청년기 시집들을 복간하며 '포에지 2000' 시리즈가 시작됐다. "생이 덧없고 힘겨울 때 이따금 가슴으로 암송했던 시들, 이미 절판되어 오래된 명성으로만 만날 수 있었던 시들, 동시대를 대표하는 시인들의 젊은 날의 아름다운 연가(戀歌)가 여기 되살아납니다." 당시로서는 드물고 귀했던 그 일을 우리는 이제 다시 시작해보려 한다.

기획의 말

그리운 마음일 때 'I Miss You'라고 하는 것은 '내게서 당신이 빠져 있기(miss) 때문에 나는 충분한 존재가 될 수 없다'는 뜻이라는 게 소설가 쓰시마 유코의 아름다운 해석이다. 현재의 세계에는 틀림없이 결여가 있어서 우리는 언제나 무언가를 그리워한다. 한때 우리를 벅차게 했으나 이제는 읽을 수 없게 된 옛날의 시집을 되살리는 작업 또한 그 그리움의 일이다. 어떤 시집이 빠져 있는 한, 우리의 시는 충분해질 수 없다.

더 나아가 옛 시집을 복간하는 일은 한국 시문학사의 연속성이 드러나는 장을 여는 일이 될 수도 있다. 하나의 새로운 예술작품이 창조될 때 일어나는 일은 과거에 있었던 모든 예술작품에도 동시에 일어난다는 것이 시인 엘리엇의 오래된 말이다. 과거가 이룩해놓은 질서는 현재의 성취에 영향받아 다시 배치된다는 것이다. 우리는 현재의 빛에 의지해 어떤 과거를 선택할 것인가. 그렇게 시사(詩史)는 되돌아보며 전진한다.

이 일들을 문학동네는 이미 한 적이 있다. 1996년 11월 황동규, 마종기, 강은교의 첫번째 시집들을 복간하며 '포에지 2000' 시리즈가 시작됐다. "생이 덧없고 허기질 때 이따금 가슴으로 암송했던 시들, 이미 절판되어 오래된 명성으로만 만날 수 있었던 시들, 동시대를 대표하는 시인들의 젊은 날의 아름다운 연가(戀歌)가 여기 되살아납니다." 당시로서는 드물고 귀했던 그 일을 우리는 이제 다시 시작해보려 한다.

조금 쓸쓸했던 생의 한때

문학동네포에지 060

권대웅 시집

조금
쓸쓸했던
생의
한때

시인의 말

조금 쓸쓸했던 생의 한때를 이제 보낸다.
그 들판에서 너무 오랫동안 서 있었다.
이제 다시 시작이다. 젊은 날의 절망이여,
햇빛에 반사되어 날아가는 저 눈부심들이여……

2003년 3월
권대웅

개정판 시인의 말

어딘가 두고 온 생이 있다는 것.
그 기억과 감정과 풍경들이 살아 다시 돌아온 것 같다.
마치 버려두고 왔던 아이가 커서 찾아온 것처럼……
조금 쓸쓸했던 생의 한때
파란 신호등이 켜져도 건너지 못했던
그 생의 한때를 당신에게 바친다.
쓸쓸해야 할, 쓸쓸해서 환해질 당신께.

2022년 10월
권대웅

차례

2부

3부

1부

황금 여울

네 눈 속 깊은 곳에
참고 있던 맑은 눈물이 흘러서
봄날 환한 햇빛 위를 날아가네
아 눈부셔라
수정처럼 투명한 네 눈물이 햇빛과 만나는
저 슬픔이 눈부셔
새들은 그 공중을 지나가다가
그만 눈이 멀어버렸네

민박

반달만한 집과
무릎만한 키의 굴뚝 아래
쌀을 씻고 찌개를 끓이며
이 세상에 여행 온 나는 지금
민박중입니다
때로 슬픔이 밀려오면
바람 소리려니 하고 창문을 닫고
알 수 없는 쓸쓸함에 명치끝이 아파오면
너무 많은 곳을 돌아다녀서 그러려니 생각하며
낮은 천장의 불을 끕니다
나뭇가지 사이에서 잠시 머물다 가는
손톱만한 저 달과 별
내 굴뚝과 지붕을 지나 또 어디로 가는지
나뭇잎 같은 이불을 끌어당기며
오늘밤도 꿈속으로 민박하러 갑니다

마음속 풍경

너무 넓은 것은
넓어서 다 볼 수 없기 때문에
그리움이 남는다

추울수록 더 명징한 겨울 저녁
빈 나뭇가지 사이로 보이는 하늘과
물결에 흔들리는 구름 몇 점
먼 공중에 떠 있는 새
물끄러미 정지한 풍경들을 바라보다가
호수 근처를 서성거리다

호수는 정작 새를 담고 있는데
그 위를 나는 새는
물속에 비치는 것이 또다른 새인 줄 알고
다가가지 못한 채 호수 위를 맴돌기만 하네

이곳 속 저 너머

햇빛이 꽃잎의 비밀을 열듯이
새들이 저들의 신호를 알아듣듯이
이곳에 또다른 저곳이 있습니다
그림자가 있듯이
기억 속에 분명 풍경이 남아 있듯이
이곳에 저 너머가 있습니다
허공을 날아가던 나비가 보여졌다 사라지며
이쪽과 저쪽을 드나들듯이
아지랑이가 걸어간 자리
메아리가 갔다 오는 자리
가끔씩 쿵 하고
공간이 하품하는 그 자리

봄날의 주문

아이들 학교 가고 모두들 출근하고 나간
텅 빈 이웃집 담장 너머 들려오는 소리
남묘호랑
남묘호랑
아줌마 혼자 앉아 봄날을 외는 소리
남묘호랑
남묘호랑
담장 밖으로 나오는 주문이 꼭 호랑나비 같아
알 수 없는 상형문자 수천 년 봄이 만들어놓은 무늬 같아
호랑무늬 어지러운 봄날 우리 모두 어디로 가는가
햇빛은 아득히 저 주문을 끌고 지붕 위로 날아가고
날아가다 꽃잎 속에 스며들고
구름은 무심히 하늘 높이 떠 있는데
말해주지 않는 이 봄날의 비밀들
풀 수 없는 무늬들
몽롱한 꿈처럼 혼자만 중얼거리다 가는 것일까
남묘호랑
남묘호랑
대기 전체가 알 수 없는 주문으로 가득 차오르는데
그 소리에 취해 공중 아득히 떠밀려 있는 것 같은
봄날

삶을 문득이라 부르자

아무도 지나가지 않는 오전
낯선 골목길 담장 아래를 걷다가
누군가 부르는 것 같아
돌아보는 순간,
내가 저 꽃나무였고
꽃나무가 나였던 것 같은 생각
화들짝 놀라 꽃나무 바라보는 순간
짧게 내가 기억나려던 순간
아, 햇빛은 어느새 비밀을 잠그며 꽃잎 속으로 스며들고
까마득하게 내 생은 잊어버렸네
낯선 담장집 문틈으로
기우뚱
머뭇거리는 구름 머나먼 하늘
언젠가 한번 와본 것 같은
어디선가 많이 본 것 같은
고요한 골목길
문득 바라보니 문득 피었다 사라져버린 꽃잎처럼
햇빛 눈부신 봄날, 문득 지나가는
또 한 생이여

마음의 길을 물어

봄이구요 햇빛이 온몸 구석구석 뒤지는 봄이구요 겨우내 움막에서 견디던 나병자가 볕바른 들판을 지나 실개천에 묵은 제 고름을 풀듯 나는 오래된 빈집을 나와 언덕길을 내려갑니다 몽롱한 봄이구요 햇빛에 두 눈 가득 붉은 그리움 넘치구요 어흐 빈 마음에 억장 무너지구요 지금이 어디메쯤인지 언덕 모두 내려온 봄길 끝에서 길을 잃었습니다 내 마음으로 가는 길은 어디 있는지요 머나먼 구름도 없고 쓸쓸히 서 있는 송전탑도 없고 정체불명 비애도 없는 곳 나 그 길로 돌아가고 싶습니다 봄이구요 흰나비를 잡다가 눈이 멀고 싶은 삼월이구요 바람에 온몸 쑤시구요

서쪽으로 난 하늘

그 창문에서 저녁을 보았네
새들이 물고 온 노을과 어두워가는
가문비나무 숲을 보았네
디귿자 마당에 쭈그리고 앉아 쌀을 일던 어머니
반쯤 열린 대문 밖 삐그덕 들어오던 어둠을 보았네
백일홍 시든 꽃밭을 보았네
지게꾼처럼 무겁고도 느린 저녁
교회 종소리는 언제나 서쪽에서 들려오고
어디선가 돌아와야 할 사람 기다리는
빈집의 불빛들만 보았네
종일토록 낮은 처마밑에 엎드려
우두커니 선 전봇대와 지붕 위를 건너오는 바람
세상의 모든 저녁을 보았네

저 집

저 언덕 지나가는 길에 집이 있었네
허리 굽은 등처럼 작고 보잘것없는 집
저녁 여섯시면 할머니 삐그덕 문을 열고 나와
혼자 쌀을 일던 집
깊은 우물처럼 마당이 보이는 집
여름 내내 큰딸 같은 해바라기가 담장 위에 서 있던 집
이따금 연탄재를 버리려고 문밖에 나왔다가
이마에 손을 얹고 뒤돌아보는 집
아무 소리도 들리지 않는
너무나 고요해 숨이 다 막히는
저 집에서 불도 켜지 않고
진종일 할머니 무슨 생각을 하고 계실까
저 언덕 지나가는 길에 저 집
내 마음속에도 들어 있는 저 집
언제나 그 속에서 돌아올 주인을 기다리는
납골당 같은

화석

어느 날 갑자기 수화기에서 돌멩이들이 튀어나왔다
어느 날 갑자기
텔레비전에서 붉은 벽돌이 시멘트들이 우르르 쏟아져 나오고
나의 혀는 축대처럼 굳었다 할말이 없다
신문을 읽으면 자갈밭을 걷는 것 같고
자판을 두드리면 알 수 없는 새 발자국들이 찍혀 나왔다
나는 이제 나를 나라고 쓸 수가 없다

저 돌로 되어 있는 도시
저 돌로 지은 집
저 돌로 지은 마음

나뭇잎과 슬픔을 섞어보아도
다시 한번
구름과 눈물을 범벅해보아도
나를 쓰는 것이 너를 읽는 것이
가시덤불 헤쳐나가는 것처럼 힘들다

어느 날 깨어나서 내가 처음으로 본 것은 말하는 벙어리들
어느 날 깨어나서 내가 처음으로 읽은 것은 박쥐들의 언어
말하지 않아도 말할 수 있는

보지 않아도 볼 수 있는 삶 꿈꾸었다
비틀비틀 돌멩이를 맞으며 돌멩이를 읽으며
수세기가 지나간 어둠 속에서

겨울 양수리

내 영혼은 절름발이야
절룩거리며 햇빛에 반사된 물소리 하늘로 가고
식초 한 방울 짜릿한 눈부심에 머리를 들면
우아 새떼 날아가는 하늘 한구석
기우뚱 무너져내리는 겨울 양수리
혼자 왔니?
나지막이 사라지는 물소리가 내 귀를 간질여주는 듯하고
스크럼을 짠 풀잎들 흔들리며 이야기해주는 듯하고
그렇듯 멀기만 한 강 건너
눈 쌓인 나무숲을 나오는 적막한 바람 소리들
박하사탕처럼 싸한 풍경이 눈을 찌르면
늑골 깊숙이 꿈틀거리는 물고기떼
솟구치는 은빛 비늘의 아픈 지느러미 지느러미
아름답다고 말할 수 있을까 저 슬픔을
강이 비춰주는 내면의 풍경을
강물을 들여다보면 내 마음속을 들여다보는 것 같아
흔들리는 그림자
마음의 물풀들
흘러가며 많은 것을 만났으나
아무것도 만난 것 같지 않은데
내 가슴에 마음들도 서로 만나지 못했는데
물은 어쩌자고 둘이 만나 저리 재잘거리는 것인지
아프지 않은 영혼이 어디 있겠니?

깊은 산자락 집어삼키고
아무 일 없는 듯 눈부신 표정 보여주며
아픔이 밀어낸 사구 사이
둘이 만나 절룩거리며 흘러가는.

저 비

비가 내린다
후줄근히 비를 맞으며 버스가 달린다
차창께 이마를 묻은 한 청년의 모습이 스쳐지나간다
빈 사무실에 남아 날아가는 저 빗속을 바라다본다
빨간 신호가 바뀌고 파란불이 켜졌는데
한 사내가 길을 건너지 않고 있다
저기 저 빗속 세월의 건널목을 건너지 않고 있다
창문을 두드리며 소리쳐 불러보아도
그는 듣지 못하고 있다
비 오는 커다란 통유리 화면 하나가
머릿속에 오랫동안 정지해 걸려 있다
비가 내린다
빗속에 우두커니 서 있는 한 사내가 보인다
마주보고 있는 그와 나 사이 버스가 지나간다
차창으로 과거 현재 미래 스치며 지나간다
문득 신호등이 멈춰 선다
아 이제 빗속으로 들어갈 수가 없다
물끄러미 한 사내가 나를 바라본다
쇼윈도에 비에 젖은 내 얼굴이 비친다

하늘색 나무대문 집

십일월의 집에 살았습니다
종점에서 내려 가파른 언덕을 올라
얼기설기 모인 집들과 몇 개의 텃밭을 지나
막다른 골목 계단 맨 끝 문간방
그 집에서 오랫동안 가을을 바라다보았습니다
창문 밑에서 나의 이야기를 들어주던 나팔꽃, 해바라기
저녁의 적막을 어루만져주던 가문비나무
가끔 아주까리 넓은 잎사귀가 슬픔을 가려주기도 했습니다
오랫동안 아무것도 하지 않고 창밖을 바라보았습니다
담장 너머 이어지던 지붕과 지붕들
그 위로 햇빛이 만들어놓던 빛나던 개울들
황금 여울을 따라 저녁의 끝까지 갔다 왔습니다
돌아오면 처마밑 어둠이 뚝뚝 떨어지고
어디선가 쌀 이는 소리 너무 커 적막해라
눈을 감고 술렁이는 내 마음속을 걸어야 했습니다
그리운 것이 너무 많아 불을 켜기 힘든 저녁
하늘색 나무 대문을 열고 나가
해바라기가 서 있던 자리에 우두커니 서 있었습니다
나팔꽃 까만 눈동자처럼 한 시절 야물딱지게 맺히고 싶었습니다.

분꽃

꽃 속에 방(房)을 들이고
살았으면
지붕이랑 창문에는 꽃등을 걸어놓고
멀리서도 환했으면
꽃이 피면
스무 살 적 엄마랑 아버지랑 사는
저 환한 달 속을 다 보았으면
그 속에서 놀았으면
밤새 놀다가
그만 깜박 졸다 깨어나면
그렇게 까만 눈동자
아기 하나 생겼으면

빨간불에서 파란불로 바뀌는 순간

팔월 한여름
돌아가신 누이 문상 갔다 나오다가
신촌 세브란스병원 앞
횡단보도를 건너려는데
문득 작년 겨울
그 신호등 아래 누군가 세워놓았던
눈사람이 떠올랐다.
분명 저 자리에 있었는데
그 눈사람이 어디로 가버렸을까
자꾸 그 눈사람이 궁금해졌다
빨간불에서 파란불로 바뀌는 순간
서 있던 내가 건너가려는 순간
나도 세상의 어느 한 자리에 서 있는
눈사람이라는 것을 알았다
횡단보도를 다 건너 뒤돌아보았을 때
흔적도 없이 나도 녹아
사라져버릴 것을 알았다
내 인생이 서 있던 자리
빨간불에서 파란불로 바뀌는 순간

높은 아주 높은

밑은 절대로 쳐다보지 않았다
높은 아주 높은 곳으로 올라가기만 하였다
은빛 첨탑과 구름을 지나
아무도 오지 않는 높은 봉우리와
하늘의 수정 같은 침엽수림을 지나
높은 곳 더 높은 곳 너무나 높은 곳
너무나 높아서 이 세상 모두가 까맣게 잊은 곳
이따금 이마에 반사된 햇빛이 날아가는 물방울을 눈부시게 하였다
어디로 가니?
물방울들이 따라오며 물었다
과거도 없고 현재도 없고 미래도 없는 곳
천국도 없고 지옥도 없는 곳
나 자신도 설명할 수 없는 곳
높은 아주 높은 곳
그곳에서 나만의 깊은 잠과 만나기도 하였다

깊은 아주 깊은

다시는 깨어나지 못할 잠이 들었다
어떤 깜짝 놀랄 아침이 찾아오더라도
어떤 눈부신 햇빛이 눈꺼풀을 두드린다 해도
영원히 깨어나지 못할 잠이 들었다
깊은 너무도 깊은 잠
아무 소리도 들리지 않고 아무 생각도 닿지 않는
땅속 깊은 아주 깊은 곳에서
수세기 나뭇잎이 쌓이고
원숭이가 사람이 되고 물고기가 새들이 되어도
아득한 오 아득한 잠이 들었다

풍경

물가에 어른거리는 저 하늘은
풍경의 또다른 그림자입니다
물이 끌어당기는 그리움입니다
문득 먼 곳의 불빛이
마음속 풍경을 비추는 저녁
눈 속 가득 삼투해오는
당신의 간유리는 아픔입니다
추억처럼 누구나 살아가는데
풍경 하나 서 있고
그 풍경의 모든 그림자는 아픔입니다

2부

봄비에게 길을 묻다

봄비 속을 걷다
어스름 저녁 골목길
아직 꽃이 피지 않은 담장 너머
휘파람 소리처럼 휙휙 손을 뻗어
봄비를 빨아들이는 나뭇가지들
묵은 살결 벗겨내며 저녁의 몸바꿈으로 분주한데
봄비에 아롱아롱 추억의 잔뿌리 꿈틀거리는
내 몸의 깊은 골목은 어찌해야 하는 것인지
저녁 여섯시에 퍼지는 종소리는
과거 현재 미래 한데 섞이고
비의 기억 속에서 양파 냄새가 나
빗줄기에 부푼 불빛들
창문에 어른거리는 얼굴들 얼룩져
봄비에 용서해야 할 것이 어디 미움뿐이랴
잊어야 할 것이 사랑뿐이랴
생각하며 망연자실 길을 잃다
어스름 저녁
하늘의 무수한 기억, 기억 속으로 떨어지는
종아리 같은 저 빗물들
봄비에 솟아나는 생살들은 아프건만

생은 다른 곳에 1

진눈깨비였다 회초리였다 짙은 안개였다 불 꺼진 전봇대였다 나무껍질이었다 눈 쌓인 들판이었다 이월이었다 아무도 지나가지 않은 골목이었다 갈 곳 없는 역전이었다 배차 시간 끝난 종점이었다 다시 시작하고 싶어 얼어붙은 밥을 먹으며 그렇게 말했다 불러도 대답 없는 겨울 배척받은 눈들이 골목의 입구마다 술집마다 쌓이고 우리는 탑골공원 노인들처럼 버려졌다 차가운 별 어두운 밤하늘을 빛도 없이 소리도 없이 가르며 떨어지는 운석이었다 자갈이었다 바닷물이 우르르 몰려와 수천 개의 돌멩이들을 밀어놓는다 태초에 이루지 못한 형상이 거기에 깎여 있었다

생은 다른 곳에 2

어둠이었다 캄캄한 암흑이었다 흐흑 먹물이었다 지하 수백 미터 막장이었다 카오스였다 블랙박스였다 쿵, 하고 공간 하나가 무너지는 소리를 들으며 나는 이쪽에서 저쪽으로 건너왔다 멀리 기억의 언덕 하나가 무너지고 또다른 언덕 하나가 불쑥 떠올랐다 나는 막 껍질을 나오고 있었고 눈앞에 물푸레나무가 훽 하고 자라는 소리를 들었다 기억하니? 검은 별 네가 온 것을? 물푸레나무 사이로 희미한 빛이 보이다 사라졌다 그 빛을 따라 일어나려 했지만 몸이 말을 듣지 않았다 꿈속이었다 수천 년 깊은 잠이었다 햇빛이 눈꺼풀을 간질였다 물방울이 반짝거렸다 일어나 일어나 소리에 어느 날 아침 깨어보니 눈부신 강물 위를 날고 있었다

꿈속에서 잠시 살다 갔네

1

청룡열차 타봤니?
약 10여 초 동안에 엄청난 속도로 떨어졌다가
공중곡예 두 바퀴 돌고 다시 뒤로 옆으로
와우 솟구치며 달려갈 때 느끼는
희열 맛봤니?
청룡열차 한번 타봐
조금만 더 빨리 달리면 과거로 갈 수 있다는 생각을 해봐
어금니를 꽉 물고 너의 찰나를 느껴봐

2

세상은 지금 오오 아아 우우
3초의 신음 소리다
이쪽 장면과 저쪽 장면이
이쪽의 생과 저쪽의 생이
어제의 고통이 오늘의 만남이
리모컨을 누르는 순간
잊혀져버린다 바뀌어버린다
조금 전에 슬펐니? 기뻤니? 너는

3

아득한 밤하늘 멀리
별똥별이 떨어진다
눈을 감았다 뜨는 순간

아아아 나는 불타버렸네
내 생은 0.5초
꿈속에서 잠시 살다 갔네

메뚜기떼가 오고 있다

1

메뚜기떼가 몰려오고 있다 한 떼의 메뚜기떼가
내가 사는 언덕을 넘어 내가 경작한 논과 밭을 쓸어버리며
내 지붕과 내 들판들을 점령한다
꿈속에서 메뚜기들이 부풀어올라 내 머리를 터뜨린다
하늘 가득히 까만 메뚜기들이 폭격기처럼 떴다

2

세상은 총만 들지 않았지 모두가 전쟁터야
너는 나를 겨냥하고 있고 나는 너를 겨냥하고 있고
너는 나를 향해 방아쇠를 당겼고
나는 이미 너를 쏘아 넘어뜨렸다
관자놀이를 관통하는 저 도시의 숱한 총알
하루에도 몇 번씩 나는 죽었다가 부활하고
몇 번의 생을 거듭 살고

3

비가 오려나봐
검은 먹구름을 바라보며 할머니는 자꾸 창을 닫으려 하지만
아무도 펄럭이는 빨래를 걷으려 하지 않는다
머릿속이 묵지룩해
저기 몰려오는 저 기운 좀 봐

분명히 한차례 비가 쏟아질 거야
시끄러운 저 도시의 총성을 적시고
난무하는 메뚜기떼의 날개를 적시고
미움과 분노를 적시고
비로소 네 머릿속은 맑아질 거야
비가 올 거야
그 비가 너희들의 피가 아니기를

영등포

바람이 삐꺽거리며 북쪽으로 달려갔다
불빛이 꺽꺽거리며 동쪽으로 달려갔다
어디로 갈지 정하지 않은 인생이
우르르 서쪽에서 몰려왔다
내 마음이 그것을 바라보다가 길을 잃었다

검은 말의 눈동자처럼 우울한 저녁
누군가 어깨를 툭 건드렸다
—아저씨 놀다 가요
푸드득 은빛 팔뚝이 어둠 속으로 떠올랐다

나는 외롭고 지친 카우보이
돌아갈 곳 없이 서성거리다가
알 수 없는 고삐에 끌려온 곳으로 되돌아가네

천국보다 낯선

겨울의 짧은 해 덧없이 지고
찬물처럼 어깨에 떨어지는 저녁 그림자
골목길을 걷다가 여기저기 빌딩 사이를 걷다가
나뭇가지 사이로 선뜻 비치는 하늘
쇼윈도로 언뜻 비치는 등뒤의 그림자
어디로 가는 것일까
나는, 너는, 세계는, 저 상형문자는?

비원 앞을 지나 창경궁 서울은 지금 저녁 다섯시
프라하 새벽 네시
깜박이는 커서와 동영상이 만나는
나는 지금 세기말 여섯시

광속도로 자동차가 달려가고
송전탑 웅웅거리고
구한말이 지나가고
자전거 바퀴 같은 햇살이 지나가고
찬바람 부는 겨울 거리에 정지한, 낯선 풍경들
건물 역광에 두 눈 가득 주황빛에 물들어
아아 지옥보다 낯익은.

저 나비

눈부신 햇빛 아래 대마초 피우다가
아주 먼 곳에서 들려오는 소리 따라가다가
목적 없이 여기저기 빈둥거리다가
산맥과 산맥 사이 구름과 구름 사이 걷다가
길을 잃다가
몽롱한 꿈 몽롱한 잠
꿈인지 생시인지 분간할 수 없는
생이 이쪽과 저쪽을 들락날락하다가

빈혈이 일 만큼 파란 하늘에
빨강 파랑 노랑 물방울 날아가네
눈을 찡그리고 그것을 바라보다가
눈물이 나 울었네
아름다운 세상 너무 아름다워서 슬픈 세상
찬란한 공중으로 손 내밀며 나 하염없이 따라갔네

꿈에서 깨어나니 어깨에 찬물처럼 떨어지는
저녁이 왔네
가도 가도 끝없는 사막 위에 혼자 서 있었네
붉은 달빛 아래 서 있는 캄캄한 짐승처럼
나 너무 외로워서 어둠 속에서 혼자 울었네

앙상한 나뭇가지에 걸린
목이 하얗게 쉰 저 초승달

네 영혼도 사진 찍으면 저렇게 나오니?
생의 깊은 쾌락과 몰락과 진창 속에 빠졌다가
돌아와 거울을 보면
한쪽 가슴이 없어져 있을 때가 있다
한바탕 꿈이었던 세상
어느새 겨울이 왔다

쳇 베이커를 아십니까 1

건넌방에서 들려오는 아버지의 주정 소리
이불을 뒤집어쓰고 포르노 소설을 읽고 있을 남동생
바람 새는 지붕 위로 비치는 백열등
겨울밤
집 앞에 다다라도 걸음은 집에 닿지 못하고
자꾸 등뒤에 진눈깨비 내리는 소리
돌아보면 전봇대에 붙은 60년대 벽보처럼 서 있는 사람
이봐, 한 곡 더 부르다 들어가
내 마음은 허리우드극장 낙원상가 뒷골목으로 놀러 가고
먼 들판에 서 있는 빈집의 불빛이 내는 소리
진눈깨비 흠뻑 젖어 질척한 생의 진창길에
점자책을 읽듯 어둠을 읽으며 오는 소리
뒤돌아보면 언제나 나는 황량한 들판을 배회하고
어두운 인생의 옆구리를 어루만지는 그의 쉰 목소리
혼자
나 대신 집에 들어가고 있다.

쳇 베이커를 아십니까 2

또다시 겨울이 왔다
주머니 깊숙이 찔러넣은 손가락은 고독하고
낡은 트럼펫으로 그가 부는 노을은 슬프다
박쥐 같은 저녁이 내려오고
느릿느릿 탑골공원을 내려와
남루한 골목으로 사라지는 노인들
추억은 언제나 불 꺼진 전봇대처럼 춥다
얼룩진 담벼락 아래 흐르는 불빛 속에
어둑어둑 들려오는 나팔 소리
아버지 하고 부르면
휘어진 길 저쪽
황망히 사라지는 그림자
희끗희끗 뒤를 돌아다보는 눈발처럼
때로 떠도는 것이 아름답기도 한
내 영혼의 할리우드 키드

서울역으로 가는 마지막 비상구

많은 세월이 나를 퍼갔지
절망과 몰락과 진창과 탕진의 심연 끝
네 밑바닥을 본 적이 있니?
서로 몸이 엉켜
혀를 낼름거리고 있는 뱀들과
늑골 깊숙이 썩고 있는 물들
은비늘로 치장한
생선 같은 네 내장을 본 적 있니?

지하 갱도 이백 미터까지 가면 오히려 고소공포증을 느낀다
깊이 내려가는 것은 높이 올라가는 것
추락하며 높이 올라가는 꿈들 희망들

어서 와 나를 더 퍼가줘
몸속에 밴 슬픔과 비애들
버려진 영혼과 추억들
나를 먹여준 욕까지 퍼가줘

위액까지 토악질해낸 후의 맑음처럼
바닥의, 바닥까지 내려가보면
알 수 있지
선명한 고통은 극과 통한다는 것을
몸안에 흐르는 또하나의 푸른 물줄기가

하늘 강물과 맞닿아 있다는 것을.

내 몸에 짐승들이

늑골에 숨어살던 승냥이
목젖에 붙어 있던 뻐꾸기
뱃속에 구멍을 파던 딱따구리
꾸불꾸불한 내장에 웅크리고 있던 하이에나

어느 날 온몸 구석구석에 살고 있던 짐승들이
일제히 나와서 울부짖을 때가 있다
우우 깊은 산
우우우 울고 있는 저 깊은 산

그 마음 산에 누가 절 한 채 지어주었으면.

흰구름의 날들

학고에서 돌아오는 아이들처럼
재잘재잘 물소리 풀리고
겨우내 젖었던 이불 담벼락에 털어내어 말리는 봄
세상의 모든 나무는
꽃피는 시절이 있어 봄이 눈부시지만
털어도 털어내버려도
떠나지 않는 그리움 남아 있는
이 봄을 무엇으로 불러야 하는가
아, 하면 아, 하는
오, 하면 오, 하는 하늘 가득
새 발자국처럼 떨어지는 햇빛
먼 하늘 위 정지한 흰구름 바라보다가
정오의 라디오 소리 따라가다가
불현듯 밖으로 뛰쳐나가
지금은 아이 낳고 잘사는
옛날 애인 봄 단장하는 집에
때묻은 손으로 자장면 배달이나 가고 싶다
아지랑이 절룩절룩 등뒤로 걸어나오고
대기의 하품 소리에
쿵, 하고 억장이 무너지는 봄날.

세월의 갈피

오래된 장롱을 열었을 때처럼
살다보면 세월에서 문득
나프탈렌 냄새가 날 때가 있다
어딘가에 마무리하지 못하고 온 사랑이
두고 온 마음이
쿡, 코를 찌를 때가 있다

썩어 없어지지 못한 삶이
또다른 시간으로 자라는 저 세월의 갈피

들판에는 내가 켜놓은 등불이 아직 깜박이고
정거장에 우두커니 서 있는 눈물들
아 사랑들
지붕을 넘어 하늘의 계단을 지나 언덕들
숨어 있던 계곡들이
일제히 접혔다 펴지며
붕붕 연주하는 저 세월의 아코디언 소리들

인생의 노래가 쓸쓸한 것은
과거가 흘러간 것이 아니라
아직 끝나지 않았기 때문이다
어디선가 살면서 나를 그리워하기 때문이다
골목을 돌아설 때 불쑥 튀어나오는
낯익은 바람처럼

햇빛 아래를 걷다가 울컥 쏟아지는
고독의 하혈처럼.

솜틀집

툴툴 지붕 위로 젖었던 꿈들이 날아가네
풀풀 민들레 풀씨 함께 섞여 날아가네
푹신한 봄날
움츠렸던 어깨 펴고 나와
담벼락에 내 마음 털어내어 말리면
늑골 깊숙이 스멀스멀 기어나오는 속잎들
한시름 목젖까지 차오르는 슬픔들
그는 깊어 저리던 상처를 핥아주네
부드러운 갈고리손 봄 햇빛은
널어놓은 저 솜들을 긁어주고
뒤숭숭했던 꿈자리를 털어주고
해마다 담벼락에 솎아내던 내 마음도 아팠는데
터진 곳 멍든 곳 다독거리며
아득한 이 봄날의 적요로움을 끌고 가는 솜틀집
꽃가루인지 솜가루인지 버려야 할 살비듬인지
툴툴 날아가는 솜틀집 지붕 위로 새살 돋네

햇빛이 말을 걸다

길을 걷는데
햇빛이 이마를 툭 건드린다
봄이야
그 말을 하나 하려고
수백 광년을 달려온 빛 하나가
내 이마를 건드리며 떨어진 것이다
나무 한 잎 피우려고
잠든 꽃잎의 눈꺼풀 깨우려고
지상에 내려오는 햇빛들
나에게 사명을 다하며 떨어진 햇빛을 보다가
문득 나는 이 세상의 모든 햇빛이
이야기를 한다는 것을 알았다
강물에게 나뭇잎에게 세상의 모든 플랑크톤에게
말을 걸며 내려온다는 것을 알았다
반짝이며 날아가는 물방울들
초록으로 빨강으로 답하는 풀잎들 꽃들
눈부심으로 가득차 서로 통하고 있었다
봄이야
라고 말하며 떨어지는 햇빛에 귀를 기울여본다
그의 소리를 듣고 푸른 귀 하나가
땅속에서 솟아오르고 있었다

블루 슈 다이어리

〈파리에서의 마지막 탱고〉 두 번 보다가 울었습니다. 오래 울리지 않는 전화벨 소리 기다리기 싫어 코드를 뽑아버렸습니다. 잘라도 잘라내버려도 마음속에 자꾸 그리움의 혹 같은 것들이 생겨납니다. 그럴 때는 뜨거운 물에 몸을 푹 담급니다. 도무지 견딜 수 없을 때면 가슴이 터지도록 뒷산 공원까지 뛰어갑니다. 너무 숨이 차 눈물이 찔끔 나는 하늘 멀리 황금빛 노을이 지고 공원 입구에 우두커니 서서 가문비나무 숲 사이로 지는 저녁을 바라봅니다. 때로 눈이 부시고 설레며 내가 살아 있는 이유는 바로 이 두근거림 때문입니다. 왼손을 들면 멀리서 오른손을 들어줄 것만 같은 예감 때문입니다. 오래 혼자 있어도 될 것 같습니다. 내 마음속에 당신이 있기 때문입니다. 등뒤로 푸른 그림자가 길게 드리워집니다.

당나귀의 꿈 2

당신이 주고 간 밧줄에 묶였습니다
그 밧줄 풀지 않고 기다린 천년
상한 내 마음속에 곰팡이 슬고 또 슬고 슬어
더이상 썩을 것이 없는 그 자리에
천년 만에 핀 꽃
그 속꽃 보여주고 싶어
더러 진눈깨비 맞으며 기다리던
지난겨울도 즐거웠습니다

3부

꽃피는 소리에 벌떡 일어나

올봄도 햇빛이 끄집어내며 날아가는 저 슬픔의 아스라한 먼지 때문에 견딜 수 없겠지 올봄도 역시 아무 일 없었던 듯 조용하겠지 너무 조용하다못해 눈물이 다 나겠지 오전 열한시의 햇빛들 슬픔의 깻잎 냄새 같은 저 풍경들 적막한 소리들 그렇게 작은 이월이 가겠지 강물이 〈솔베이지의 노래〉 같겠지 마음에 산 하나 무너지고 겨울의 국경선을 넘어오는 구름들 러시아에도 봄은 오겠지 봄이 이렇게 목메는 것이라는 것을 사우디에 사는 사람들은 모르겠지 겨울에 굳게 닫힌 창문은 열리지 않겠지 전화벨 속에서 수백 수천 개의 돌멩이들이 튀어나오겠지 누가 누군지 기억 못하겠지 올봄도 그러다가 빗소리에 꽃피는 소리에 자다가 벌떡 일어나 미친놈처럼 엉엉 울겠지

호박등

밥을 먹다가 문득문득 목이 멜 때가 있다
마음의 골목 맨 끝에
우두커니 떠오르는 집 때문이다
불을 끄고 이불을 뒤집어쓰고 누워도
머릿속 저 어딘가에
자꾸 불을 켜는 곳이 있다
아직도 그 집을 떠나가지 않은 슬픔 때문이다

꺼질 듯 꺼진 듯,
식구들을 비추기에도 힘들더니만

미련이 남아서일까
후드득,
찬바람이 목덜미를 스치면
가슴속에 남아 깜박거리는
저 등불 때문에 목젖이 아프다

장독대가 있던 집

햇빛이 강아지처럼 뒹굴다 가곤 했다
구름이 항아리 속을 기웃거리다 가곤 했다
죽어서도 할머니를 사랑했던 할아버지
지붕 위에 쑥부쟁이로 피어 피어
적막한 정오의 마당을 내려다보곤 했다
움직이지 않을 것 같으면서도 조금씩 떠나가던 집
빨랫줄에 걸려 있던 구름들이
저의 옷들을 걷어 입고 떠나가고
오후 세시를 지나
저녁 여섯시의 골목을 지나
태양이 담벼락에 걸려 있던 햇빛들마저
모두 거두어가버린 어스름 저녁
그 집은 어디로 갔을까
지붕은, 굴뚝은, 다락방에 모여 쑥덕거리던 별들과
어머니의 슬픔이 묻은 부엌은
흘러 어느 하늘을 어루만지고 있을까
뒷짐을 지고 할머니가 걸어간 달 속에도
장독대가 있었다
달빛에 그리움들이 발효되어 내려올 때마다
장맛 모두 퍼가고 남은 빈 장독처럼
웅웅 내 몸의 적막이 울었다

이월의 집

낮은 담장이 있던 집
담장 위로 백일홍처럼 키 작은
보안등이 서 있던 집
불빛 아래 우아 빗줄기 모여
쓸쓸함을 세던 집
깊은 밤
공중에 혼자 떠 있던 집
어떤 별들도 내 울음소리를 듣지 않았던 집
이 세상에 나 혼자만인 것 같았던 집
외로움이 너무 환해
불을 켜기도 힘들었던 집
막다른 골목집
작고도 먼
저 이월의 집
내 영혼의 오두막에
영원히 등불을 켜고 있는 집

나 홀로 지상에

밖은 영하 15도가 넘습니다. 한기가 느껴질수록 그리움은 더욱 선명해집니다. 일주일 동안 한 발짝도 움직이지 않고 방안에 틀어박혀 있다가 불현듯 밖으로 나가 우두커니 공원에 서 있곤 했습니다. 바람이 나뭇가지를 흔들어 자신을 확인하듯 내 속의 입김으로 나를 확인합니다. 살아 있어? 입김으로 내 이름을 써봅니다. 먼 하늘과 막막한 구름 공중에 떠 있는 새 후드득 어둠이 떨어지고 건너편 숲속에서 박하사탕처럼 싸한 적막이 불어옵니다. 코끝이 시리도록 생생하게 살아 있습니다. 문득 아득히 먼 풍경처럼 지상에 서 있는 내가 보입니다. 그렇게 쓸쓸하고도 아름답습니다. 멀리 신도시 불빛들이 켜지고 있습니다.

기다리는 편지

창문이 열리지 않는다
떨어지지 않으려는 겨울의 끈질긴 고집
관성은 오랜 기억을 닮는가보다
마당에 가까스로 내려오는
봄 햇빛 한줌
비틀비틀 걸어가다 나비가 되고
그리움이 많은 쪽으로 기울어지는 허공
빨랫줄에 구름이 걸려 펄럭일 때마다
하얗게 표백되는 기억들
기다림도 오래되면
아무 생각도 나지 않는가보다
하늘의 길섶 한구석 기우뚱 무너지고
그 빈 길로
우와 쏟아지는 바람에
쿨럭쿨럭 기침을 하는 빨래들
때로 너무 추운 겨울을 지나고 나면
지평선 너머 아지랑이 올라가는 소리가
중얼중얼 편지 읽는 소리로 들리기도 하는가보다
녹슨 우체통에 잔설이 녹는
봄날의 끝

새로운 도시 1

그곳으로 가는 길은 새로운 황야일 뿐
아무도 새로운 꿈을 건설하지 못했다
소혹성 같은 굴뚝과 불 꺼진 건물들
새벽 두시로 가는 막차들

어느 허공일까
좌석 군데군데 쓰러져 있던
건전지 불빛 같은 사람들이 일어나
비틀비틀 지구 밖으로 나간다.
자신만의 행성으로 사라지는 그들

여기가 어디지요 여기가
어둠 속에 먼저 가던 건전지 불빛에게 물었다
신도시지
지구를 떠나온 사람들이 건설한
또다른 허방이지

나는 눈을 비비고 서서 멀리 신기루처럼 서 있는
신도시를 바라보았다
우주 공간을 저벅저벅 걸어가는 우주비행사처럼
어느새 나도 그 도시로 들어가고 있었다

새로운 도시 2

—신도시로 가주세요
—저기 저 달에다 지은 도시 말입니까
—아, 그래요. 저 환한 둥근 달이 있는 곳까지요

아무리 달려도 신도시는 보이지 않았다
마지막 종점과 불빛을 지나
강물과 긴 다리를 지나
또다른 들판 속으로 어둠이 나를 툭 밀어냈다
고요한, 너무도 고요한,
신도시에서 내려
공중에 떠 있는 집을 우두커니 바라본다

머리 위로 환한 보름달이 쫓아오고 있었다
꿈의 도시가 따라오고 있었다

쇼윈도

마음이 밖으로 나와서 물끄러미
나를 바라볼 때가 있다
골목길에서
둥근 회전문이 돌아가는 건물 앞에서
사람들로 가득한 거리에서
우두커니 공중에 떠서 내가 나를 바라볼 때가 있다.
그럴 때마다 수많은 나뭇잎 같은 세월이
손바닥을 흔들며 이렇게 말하는 것 같다.
—기억하고 있습니까. 이 세상이 환영이라는 것을.

초승달

하느님
여름 밤하늘 넓은 평상에
별들로 장기를 두다가
생각이 안 풀려 잠시 수박을 먹었나보다
밝기도 하여라
깜깜 어둠 속에 풀린 묘수
잘 베어 먹은 수박 닮은
입 끝까지 환하게 올라가는
저 웃음.

가문비나무 숲에 두고 온 저녁

—보문동

우표딱지만한 집과
성냥개비만한 굴뚝들
그 위로 내려오는
싸락눈만한 별들

태어나서 처음 받은 크리스마스카드처럼
가난하고 아름다운 마음 한 장
저녁 불빛에 삼투되어오는
때묻은 골목길 처마밑
멀리 한 그루 트리처럼 서서 반짝이는 것들
오 반짝이며 글썽이는 것들

팔월의 눈사람

여름내
해바라기가 머물던 자리
나팔꽃이 피었다 사라진 자리
목이 쉬도록 살아 있다고
매미가 울어대던 자리
그 빈자리
흔적도 없이 태양 아래 녹아버린
팔월의 눈사람들

폭염 한낮
밥 먹으러 나와 아스팔트 위를 걷다가
후줄근 흘러내리는 땀에
나도 녹아내리고 있구나
문득 지구가 거대한 눈사람이라는 생각
눈덩이가 뒹굴면서 만들어놓는
빌딩들 저 눈사람들

팔월 염천
해바라기가 있던 자리
화들짝 나팔꽃이 피던 자리
내가 밥 먹던 자리
돌아보면
그 빈자리

선뜻선뜻, 홀연, 가뭇없이

맨드라미에게 부침

언제나 지쳐서 돌아오면 가을이었다.
세상은 여름 내내 나를 물에 빠뜨리다가
그냥 아무 정거장에나 툭 던져놓고
저 혼자 훌쩍 떠나가버리는 것이었다.
그때마다 고개를 들고 바라보면
나를 보고 빨갛게 웃던 맨드라미
그래 그런 사람 하나 만나고 싶었다.
단지 붉은 잇몸 미소만으로도 다 안다는
그 침묵의 그늘 아래
며칠쯤 푹 잠들고 싶었다.
헝클어진 머리를 쓸며 일어서는 길에
빈혈이 일 만큼 파란 하늘은 너무 멀리 있고
세월은 그냥 흘러가기만 하는 것 같아서 싫었다.
그 변방의 길 휘어진 저쪽 물끄러미 바라보면
오랜 여행에서 돌아와 문을 여는 텅 빈 방처럼
후드득 묻어나는 낯설고도 익숙한 고독에
울컥 눈물나는 가을

덥수룩한 웃음을 지닌 산도적 같은 사내가 되고 싶었습니다.
혹시 서 있다가 아름답도록 아픈 사람을 만나면 불러주십시오.

십우도

자동차를 타고 가다가 자동차를 끌고 가네
길은 멀고 날은 저무는데
돌아보니 첩첩 빌딩이네
빨리 가려다 더 늦게 가는 자들이여
오토바이를 타고 간 사람이나 비행기를 타고 간 사람이나
모두 오리무중이네

휘어진 길 저쪽

세월도 이사를 하는가보다
어쩔 수 없이 떠나야 할 시간과 공간을 챙겨
기쁨과 슬픔, 떠나기 싫은 사랑마저도 챙겨
거대한 바퀴를 끌고
어디론가 세월도 이사를 하는가보다
어릴 적 내가 살던 동네
기억 속에는 아직도 솜틀집이며 그 옆 이발소며
이를 뽑아 지붕 위로 던지던 기와의 너울들
마당을 지나 아장아장 툇마루로 걸어오던
햇빛까지 눈에 선한데
정작 보이는 것은 다른 시간의 사람들뿐
저기 부엌이 있던 자리
지금은 빌라가 들어선 자리
그 이층 베란다쯤 다락방이 있던 자리
엄마가 저녁밥 먹으라고 부르는 소리가
가슴에 초승달처럼 걸려 있다
몇 년 만에 아기를 업고 돌아온 고모와
고모를 향해 소리를 지르던 아버지는
말없이 펌프질을 하던 할머니는
그 마당 그 식솔과 음성들 그대로 끌고
모두 어디로 갔을까
낯설어 더 그리운 골목길을 나오는데
문득 내 마음속에 허공 하나가 무너지고 있었다
허공의 담장 너머 저기

휘어진 골목 맨 끝
기억의 등불 속에 살아오르는 것들
오, 그렇게 아프고 아름답게 반짝이며
살고 있는 것들.

인생

구름을 볼 때마다
달팽이가 지나가는 것 같았습니다
느릿느릿 지게를 짊어진 할아버지처럼

밤하늘의 달을 볼 때마다
세간이 줄었다 늘었다 하는 것 같았습니다
흥했다 망했다 살다 간 아버지처럼

그렇습죠 세상에
내 것이 어디 있겠어요

하늘에 세 들어 사는
구름처럼 달처럼
모두 세월에 방을 얻어 전세 살다 가는 것이겠지요

어두운 둥지

엄마를 모시고 살던 남동생이 파산을 했다
처가로 들어가는 동생을 엄마는 따라갈 수가 없었다
열한 평 임대 아파트 이혼한 누나 집으로 들어가는 엄마 마음이
불효장남인 내 집으로 오는 것보다 편했나보다

입시공부를 하는 조카 방을 차지한 엄마
편치 않은 마음으로 엄마는 세 평 남짓 조카 방에서
하루 종일 관절염과 만성신부전증을 앓았다
재롱 피우던 손주들이 눈에 아른거릴 때마다
남동생 처가에 전화를 넣고 싶었지만 그것도 편치 않았다

매일 밤 자정 너머
돈 벌러 간 누나와 도서관에 갔던 조카가 들어와야
비로소 엄마 방에 불이 켜졌다
불을 꺼야 할 시간에 불을 켜고도 엄마는 어두웠다
곯아떨어진 누나와 조카의 코고는 소리가 엄마의 관절에서 끓었다

새가 되어 여기저기 다니고 싶다던 엄마
밤새워 엄마가 날아간 곳
절룩절룩 날아간 그곳은 사면이 어둠이었다

쓰봉 속 십만 원

"벗어놓은 쓰봉 속주머니에 십만 원이 있다"

병원에 입원하자마자 무슨 큰 비밀이라도 일러주듯이
엄마는 누나에게 말했다
속곳 깊숙이 감춰놓은 빳빳한 엄마 재산 십만 원
만 원은 손주들 오면 주고 싶었고
만 원은 누나 반찬값 없을 때 내놓고 싶었고
나머지는 약값 모자랄 때 쓰려 했던
엄마 전 재산 십만 원

그것마저 다 쓰지 못하고
침대에 사지가 묶인 채 온몸을 찡그리며
통증에 몸을 떨었다 한 달 보름
꽉 깨문 엄마의 이빨이 하나씩 부러져나갔다
우리는 손쓸 수도 없는 엄마의 고통과 불행이 아프고
슬퍼
밤늦도록 병원 근처에서
엄마의 십만 원보다 더 많이 술만 마셨다

보호자 대기실에서 고참이 된 누나가 지쳐가던
성탄절 저녁
엄마는 비로소 이 세상의 고통을 놓으셨다
평생 이 땅에서 붙잡고 있던 고생을 놓으셨다

고통도 오래되면 솜처럼 가벼워진다고
사면의 어둠 뚫고 저기 엄마가 날아간다
쓰봉 속 십만 원 물고
겨울하늘 훨훨 새가 날아간다

낮달

삶은 너무 정면이어서 낯설었지요
목이 메어 넘어가는 찬밥처럼
숭고하고도 눈물났지요
그림자를 휘적거리며 전봇대처럼 외로웠지요
슬픔도 오래되면
영혼이 밝아진다구요
생은 박하사탕 같아서
그렇게 시리고 환했지요.

문학동네포에지 060

조금 쓸쓸했던 생의 한때

1판 1쇄 발행 2003년 4월 4일 / 1판 2쇄 발행 2003년 10월 7일
2판 1쇄 발행 2022년 11월 21일

지은이—권대웅
책임편집—김민정
편집—유성원 김동휘 권현승
표지 디자인—이기준 김하얀
본문 디자인—최미영
마케팅—정민호 이숙재 김도윤 한민아 정진아 이민경 정유선 김수인
브랜딩—함유지 함근아 김희숙 고보미 박민재 박진희 정승민
제작—강신은 김동욱 임현식
제작처—영신사

펴낸곳—(주)문학동네
펴낸이—김소영
출판등록—1993년 10월 22일 제2003-000045호
주소—10881 경기도 파주시 회동길 210
전자우편—editor@munhak.com
대표전화—031-955-8888 / 팩스—031-955-8855
문의전화—031-955-2696(마케팅), 031-955-8865(편집)
문학동네카페—http://cafe.naver.com/mhdn
인스타그램—@munhakdongne / 트위터—@munhakdongne
북클럽문학동네—http://bookclubmunhak.com

ISBN 978-89-546-9030-0 03810

www.munhak.com

문학동네